마음의 풍경

시아현대시선 **032**

마음의 풍경

현영희 시집

인쇄일 | 2025년 11월 20일
발행일 | 2025년 11월 25일

지은이 | 현영희
펴낸이 | 김영빈
펴낸곳 | 도서출판 시아북(詩芽Book)

출판등록 | 2018년 3월 30일
주소 | 대전광역시 동구 선화로214번길 21(3F)
전화 | (042) 254-9966
팩스 | (042) 221-3545
E-mail | siab9966@daum.net

값 12,000원

ISBN 979-11-94392-58-3(03810)

마음의 풍경

현영희 시집

시아북

지난여름, 그동안의 습작들을 정리한 것들이다.
바쁨을 핑계로 잊고 살았던 것들을 돌아보는
시간이었고, 그 무엇으로도 살 수 없는 소중함이다.
세상사 꿈같은 추억이 또 한 장면 늘어났다.

바다를 포기하지 않는 강물처럼
논밭을 포기하지 않는 농부처럼
그렇게 쉼 없이 나아가기를 소망하며….

2025년 초겨울

현영희

4부
새겨지는 것들을 향해

마음의 집, 투명한 서정의 언어

윤성희(문학평론가)

마음의 풍경

현영희 시집
Poems by Hyun Young Hee

1부

늘 나는 깨어 있어

다시 시작되는 사랑

산안개 걷어내는
이끼 묻은 푸른 바람이
긴 장마 헤치고
무성한 들꽃들 불러일으키면

뻐꾸기 목청 따라
일어서는 물소리와
꽃보다 귀한 생명의 진동
들어보았나요?

깊어지는 숲들은
산새인 양 깃을 치고
여름을 채우려는 듯
새로운 것들 가득가득 채워도
맨 처음 새순을 알게 하신 분에게
영원을 노래하라 하네요

사랑은 다시 태어나는 거라고

스치는 많은 길들

오래된 걸음을 뒤늦게 기록할 때는 일상이 무료해졌다거나 그때의 걸음이 그리워졌다거나 그래서 가끔 뒤져 끄적이게 되는데 단순히 걸음의 그리움으로 몇 자 적으려 해도 이번 걸음 구간은 도무지 어떤 느낌이었는지 어떤 하늘빛을 가지고 있었는지 더듬어지질 않는다 어떤 기분으로 어떻게 걸었을까 생각을 다그쳐보아도 그날의 걸음을 떠올릴 수가 없다 그저 측정할 수 없는 마음과 아마 뻑뻑했을 무릎으로 하염없이 걸은 걸음이었다고

그날의 기록 끝

너를 위한

드넓은 창공의 그리움이 필요한 날은
가슴 가득 푸르름 담아
너를 지키는 하늘이 되어 줄게

은빛 지평선의 기다림이 필요한 날은
하얗게 부서진 조각들 모아
너를 감싸는 파도가 되어 줄게

어둠이 소리 없이 내려서는 두려운 날도
밤하늘의 달과 별이 되어
너의 마음을 온전히 비춰 줄게

네가 어디에 있든지
너의 그림자로 머물다
너를 향한 그 무엇이 되어 정녕,
손만 내어도 닿을 수 있는 곳에
서 있을 거야
너를 향한 기다림 되어

내 삶 속의 너

하늘은 왜 그리 푸르기만 한지
하나의 우주인 그대
내 작은 책상에 떨어지는 빛
난 환상을 믿어

내게는 존재하지 않는 세상 이야기
그리운 것은 늘 내 곁을 맴돌지만
멀리 있는 사람
가슴에 묻어둔 그리움 한 소절은
푸른 소나무가 되고

오래도록 생각에 잠기다가
모르는 척 돌아설 때도
그대가 곁에 있기에 항상 행복하다는
핑크빛 하늘의 밀어가 아련히 펼쳐지고

이젠 돌아와
진정한 사랑을 갈구하고
곁에 서 있기를 다짐해 본다

지고지순한 마음으로 함께 할 수 있기를
내 삶 속의 너이기에

봄은 우리 안에

야윈 나뭇가지 사이로
수줍게 피어나는 따순 햇살이
겨우내 꽁꽁 언 땅을 녹이면

어둠 속 역경의 자양분을 빨아올린 나무들
메마른 가지에 물 올리고
잎 띄워 꽃피어 낸다

그리움이 꽃으로 피면
무딘 감성에도 꽃불이
하나둘 살아나는데

바람결에 하늘하늘
몸을 누이는 장다리꽃
여름 한철 벌 나비 찾아들더니

기억 저편 아련한 그리움 되고
긴긴 내 기다림 위에

꽃씨 되어 남는다

봄은 우리네 마음 안에 있는 것

영인산에서

울창한 숲길 사이로
솔가지 흔들던 바람도 잠들고
핑크빛 물감을 뿌린 듯
앙증맞은 영산홍이 미소 짓는다

무장애 나눔 길
너른 잔디밭 위로
황톳빛 잔잔한 산책길은 이어지고
아장아장 유모차 휠체어 간간이 지나는데

언젠가 한 번은 만날 것 같은
낯익은 산책길 위로
고즈넉한 분위기 따라 걷고 있자니
신선봉 정상이 금세 이마에 붙는다

가을이 깊어지는 영인산 등허리
제 속의 출렁거림을 뒤적이다
까치 고라니 토끼 다람쥐
숲속의 집 야영장을 만나는데

대보름을 걸머쥔 하늘엔
가녀린 막바지 햇살이
홀씨처럼 가볍게 가볍게
설레임을 부추긴다

봄 향기처럼

깊고 차가운 겨울
잠잠하게 긴 그림자의 침묵
하얀 눈꽃 풍경 속에서도
언 손을 더듬어 물을 찾는 풀뿌리처럼
소망을 안고 기다리는 사람들

오랫동안 흠모해도 좋으련만

긴 여운을 남기고
꽁꽁 얼어붙은 밭둑길 밑으로
조용히 준비되는 생명
흙 속 시린 냉기를 견디며
용기를 내는 사람들

늘 감사하며 닮고 싶건만

눈 부신 햇살 아래
새로운 시작을 품은 생명의 진동
저만치 다사로운 햇살 튀기며
봄을 세우는 정겨운 사람들

더욱 경외해도 좋으련만

풀들이 일어서고
바람도 일어서고
깍지 낀 손을 털어
우리들의 충만함을 일으키듯

다시 찾아오는 봄 향기처럼

가을 기도

가을볕 곱게 스민
선장포 너른 들녘만이 아니고
가뭄으로 늦게 심은
외암리 키 작은 벼만이 아니고
삼라만상 미물에 이르기까지 온통
넉넉하게 여물어 가는 오늘,
변두리 낮은 곳의 우리도 서로를 바라보는
마음의 높은 탑만은 무너지지 않게 하시고

농익은 단풍이 산허리를 물들이는 때
감귤빛 물결 따라 갈바람도 쉼 없이 지나가게 하시고
봉곡사 은행나무 여전히 곱게 하시고

한데 묶여 섞이고 번진 오색 풍경에
들뜬 마음을 가라앉혀주시고
푸른 가을하늘과 함께
눈부신 시월이 되게 하시고

어떤 서약

태양의 열기가 대지를 달구는 동안
무거운 짐을 지고
광야를 묵묵히 걸어가듯
다시 눈을 감고 생각에 젖는다

그 무엇에도 아랑곳하지 않고
규범과 도덕의 무게에서 벗어나
주변의 시선과 간섭에서 벗어나
순수하게 온전하게 더욱 가치롭게

눈을 뜨리라
이글거리는 아침 해와
타오르는 얼굴빛으로
나도 눈을 뜨리라

현관문 열고 골목길 지나
다가서는 번민을 헤치고
바람개비 같은 햇살로
숱한 날들을 꿰메리라

봄 마중

모두가 잠든 고요한 새벽
대문을 활짝 열고 마당을 쓸면

귀밑머리 햇살 한 가닥 데리고
낯가림으로 오나 보다

산 개울 시린 물소리
버들개지 눈을 뜨나 보다

씀바귀 달래 냉이 버짐처럼 도진 들녘
늦추위 되새김하는 송아지 잠을 깨우나 보다

산 동백 무거운 발걸음
햇살 풀어 일어서나 보다

언 하늘 한 폭 감아
그리운 몸짓으로 그대를 기다리나 보다

곡교천의 아침

물안개 자욱이 깔린
이른 새벽 곡교천에

은빛 뒤척이며
햇살이 밝아 오고

맑은 뜻
고운 새들의 지저귐
가슴을 파고든다

그런 사람을 만나고 싶다

가을에는
열매 같이 성공한 사람보다
충만함으로 가득한
잎새 같은 사람을 만나고 싶다

가을에는
문득 튼 노래 한 곡처럼
카페 창가에 앉아 같은 페이지를 읽는
열매 같은 사람을 만나고 싶다

가을에는
처음이 아니라 마지막일 것 같은
내일이 오늘보다 아름다울 것 같은
격이 있는 사람을 만나고 싶다

이 가을에는
한갓진 산책길에서
인생을 가슴으로 들여다볼 줄 아는
그런 멋진 사람을 만나고 싶다

유월

아카시아 향기 저편
하늘 가득 수놓던 구름이
푸르름에 묻혀 물들어 가는 때

핑크빛 수국이 윙크하면
햇살이 눈이 부셔
꽃무늬 양산을 들어도
실눈 되어 웃음 짓는다

바람 따라 숨을 쉬는
가로수 이파리 아래
진한 솔향 그리며
뜨거운 포도 위를 바람 안고 걷는다

신록을 만발하는 이른 더위에
끈적인 몸 가실 줄 모르고
주체 못할 그리움에 가슴 저미는
아, 유월

작은 명상

삶의 고비마다 기억 저편으로
매듭을 넘겨주고
그리움으로 채워가던
기다림의 시간이 오면

얽힌 매듭은
못 잊어 아픈 물망초처럼
긴 침묵으로 돌아오는데
고요함으로 채워진 산정
그 한복판에서

눈을 감으면
한때의 뜨거운 아쉬움이
아련한 그리움 되고
하늘 향한 푸른 기운들
기쁨으로 새겨지는데

영원을 기약하며
우리 만나서

생으로 이어지고
미소지며 다가서는 따스한 사랑은
오늘도 나를 깨운다.

해바라기처럼

오밀조밀하구나
빼곡하게도 박혀 있구나
흩어지지 않으며
서로 포근히 껴안고
밝은 곳만 쳐다보자고
약속하였나 보다

노랑 꽃잎으로 울타리를 치고
하늘이 주는 안식처인 듯
어지러운 세상을 만나도
어둡고 추운 바람을 맞아도
넘어지지 말자고
약속하였나 보다

세상사 어지러운 소리에도
불안해하지 않고
구구한 사연이 넘쳐나도
당당히 세월을 견뎌내는

욕심부리지 않는
사랑으로 익어가는

저 해바라기처럼

식지 않는 손

밤이면 구멍 난 양말을 꿰매 주시고
보약 같은 플라세보 효과를 신앙으로 삼던
어머니
장 뚜껑 열어 내비친 하늘을 거울삼아
구수한 된장 다독이다가
아슴아슴 보이던 웃음
빛 고운 고추장 한 숟가락 넣어
오색 찬거리로 물들이며 비벼주던
아린 열 손가락 사이 그때 그 저녁이
흘러간 세월 속 식지 않은 손으로 다가서는데

배곯이는 안 된다며 때 없이 밥을 하시고
철부지 어린 것들을 세상 맨 앞에 놓고 사신
어머니
모든 허물 홀로 짊어지시고
모든 게 당신 탓이라며 빈손 내보이고
휘영청 보름달 따라 멀리 떠나셨다

세상을 동그랗고 따뜻하게만 보시던
언제고 자식들 등 두드려 다독여 주시던
어머니의 식지 않던 손
젊어서 고생은 사서도 한다며
빈궁함을 알뜰하게 기우셨는데
아! 식지 않는 손 하나
나도 가졌음을

노을

황금빛 수놓은 너른 들녘 위로
윙윙윙 고추잠자리
하늘길 가장자리
코스모스 따라 춤을 추고

바이올렛 새소리 날아와
화들짝 꽃 속으로 빠져들 때
저 멀리 철길 사이
갈바람 따라 노래 부르고

풀꽃들 어둠 찾아 자지러들 무렵
다 자란 나무들
느릿느릿 다가서는 산그림자 따라
산비알에 가 숨고

햇빛에 지친 구름들
끝없이 서쪽으로 몰려가
붉게 붉게
피를 토하는데

나도 묵은 갈댓잎처럼
저물녘이 되고 만다

마음의 풍경

현영희 시집

Poems by Hyun Young Hee

2부
그리움은 강물처럼

내 마음의 보석

고통과 인내로 빛을 보다
눈물과 탄식의 시련 속에서
절망의 어두운 터널을 지나
잉태되어 떨어지는 눈물

그 어느 것보다 영롱한
방울방울들
아픈 가슴으로 잉태되어
무시로 참아낼 줄 아는
인내의 열매

불의함이 없는 화평함
정직함으로 가득한
충만함 그리고
사랑과 용서로 반짝이는
맑음 정화 순수

아, 내 마음의 보석

신정호수 산책길에서

숲 사이로 다가서는
아침 안개
꿈같은 여정을 풀어 놓고

두 볼에 스치는 상큼함처럼
등골을 적시는 땀방울 되어
가벼운 발걸음으로 되살아나고

물안개는 나무숲에 머무르며
한가득 이야기보따리 풀어헤쳐
지나는 이들의 도란거림으로 멈추고

어제의 그리움이 되살아난 듯
긴 포옹으로 두근두근 수줍음 되어
순백의 짧은 노래로 발부리에 감긴다

가을 서곡

고추잠자리 떼 유유히
우아한 춤사위
파란 하늘과 어우러져
성큼성큼 다가서는데

붉은 꽃무릇 끝에 앉아
향기에 취해 졸고 있는데
살금살금 다가가
손에 잡힐 듯 말 듯
파르르 놀라 달아나는데

키 작은 벼 이삭 여물어가고
가을빛 들판 위로
빙그르르 화려한 날갯짓
풍년을 기다리며
황금빛 풍성한 옷 차려입고
저만치 다가서는데

어서 와 가을아!

달빛 서정

가을밤이
풀벌레의 합창을 위해
두 귀를 활짝 열어놓으면
신정호 맑은 물 위로
별빛 그림자 일렁이고
은빛 달빛은
낡은 벤치를 보듬는다

숨 가쁘게 쫓겼던
붉게 물든 노을은
저만큼 둥근 달을 이고
달빛에 젖은 가을을 불러일으키는데
그리운 것들은 마음이 먼저 가 닿는지
소슬바람 귓전에 스며들고
나무들 저마다 내일을 꿈꾸며
그리움만 자꾸 불러들인다

눈꽃빙수

찬 기운이 연기처럼 피어오르다가
사악 삭 소리를 내며
눈발 같은 얼음으로 흩어지고

함박처럼 쏟아지는 눈꽃을
입안 가득 살포시 내려놓으면
서늘한 기운은 달콤한 부드러움 속으로 숨어들어
전류처럼 온몸으로 흐르고

은은한 단맛과 고소한 풍미에
맺힌 땀방울은 흔적 없이 사라져
추억 속에서 멎는데

고마움으로 전해지는
한여름 눈꽃

여름 소풍

천변 따라
뚜벅뚜벅 발걸음을 옮기면
맑은소리 흐르는
한여름의 전주천이다

이름 모를 꽃들이 반겨주는
경건한 모습의 치명자산성지
곱게 자란 예쁜 잔디들 앞다퉈
초록빛 머금고 여행객을 맞는다.

싱그러운 나뭇잎 사이로
바람 씌러 가는 길
빨간 꽃싱이* 끌고 심호흡하노라면
여름 얼굴 싱그러움으로 물든다

메타세콰이어 하늘 정기 받으며
도란도란 시나브로길** 걷노라니
어느새 여름 한가운데
또 다른 감성에 젖는다

* 전주시의 공영 자전거 이름

** 한벽당으로 이어지는 전주시 벚꽃길

둘레길을 걸으며

궁평리 저수지 따라 붉은색 황톳길
줄지은 나무 곁 좁은 길 걷는다

물속 깊이 뿌리 내린 나무의 초연함
아름다운 자태에 감탄사를 연발하고
앞서거니 뒤서거니
미끌미끌 찐득한 부드러움이
작은 심장까지 타고 올라와 끼어든다

가벼운 오르막과 내리막길에는
황토와 마사토의 조화로움이
맨 발 사이 스며드는 촉촉함으로
작은 풀꽃처럼 간질이는데
마음을 가다듬고 맨발로 걷는다

티끌 없는 삶이 어디 있으랴
초록의 경쾌한 마음으로
구름처럼 모나지 않는 삶으로
세상 복잡한 소리에 귀 기울이지 않으리

그리움은 봄비 되어

산 까치 왼 종일 울어대는
푸른 하늘 아래
한 줄기 구름이 몰려들면

참나무 갈대숲 도토리
풀 속으로 굴러 하늘 향해 일어서면
왠지 알 수 없는 그리움 일고

갈수록 멀어지는 세월
넘쳐나는 눈물 꽃 찾아
기억 저편 강물 되어 흐르고

초연한 낯빛으로 새겨진
하얗게 지새운 새벽녘
그리움은 봄비 되어 내리고

모종 뜰 길

모종 뜰 길 그 마을엔
돌담과 푸른 개천이 길을 만들고
누군가
앞서 지나갔다
누구일까?

실바람, 원
억새 미소, 투
아카시아 향기, 쓰리
들꽃 속삭임, 포

걷쥬! 걷쥬! 함께 걷쥬!
건강을 보장받는 은총의 축복으로
싱그러운 만남을 기다린다

내일을 위해
내딛는 발걸음마다
엷은 숨소리 들리고
서로를 위해 어깨를 나란히

움쑥움쑥 차오르는
모종 뜰 길에게 배울 일이다

봄의 교향곡

우듬지 날 선 햇발을 헤치고
산 넘고 물 건너 예까지 이르른
진달래 개나리 아름아름 안겨주고
사춘기 소녀처럼 얼굴 붉히는 당신

고운 햇살 한 가닥 낯가림으로 다가와
지나는 자리마다 연초록으로 물들이고
이슬 앉은 자리에 환한 수정 빛으로
고요히 미소 짓는 당신

다시 시작하는 기억의 줄무늬를 그리며
겹겹이 새겨지는 희망의 소리
복숭아꽃 살구꽃 향연이 아니라도
눈 들자 산마루 저편 꽃구름이 피어난다

그 마음

그 사람 잘 있는지 궁금할 때면
꽃 사진 하나
메시지로 보내 봅니다

돌의 마음을 알려면
돌이 되어야 하고
꽃의 마음을 알려면
꽃이 되어야 하고
그의 마음을 알려면
그가 되어야 하듯

잘 있다거나
내 안부가 궁금하다거나
그동안 사는 일이 어땠었다고
그저 간단한 마음 한 조각
답문 없이 읽은 표시만이라도 해주길 바랍니다
내 향기가 그 마음에 담겨 있을 테이니까요

내 마음도 그 마음이면 싶습니다

그 눈빛에

옷깃 여미고
이 길 지나면
내 맘속 깊은 곳
미로에 서 있는 꿈에서 깨어나려나

은빛 바닷가 모래밭에서
꽃잎 그리며 바라보던
저 푸른 바다
도무지 그리움은 어디에서 오는지

깎여진 이름 하나
조약돌로 반짝이고
못다 한 아쉬운 정은
갈매기로 나는데

부서지는 하얀 파도에
오랜 그리움을 묻고
수평선 긴 실선 같은 그 눈빛에
기대고 싶다.

네가 커피가 된다

하루해 장대처럼 길어지는 오후
수제 빵 연구소* 카페에 들어서면
달콤한 내음이 그리움처럼 스며들어
네 목소리로 만난다.

헤이즐넛 향 블랙커피를 마시면
너의 잔잔한 미소가
내 안에 가득 번져
흔들리던 마음은 사르르
귓속까지 따스하다

네가 보고 싶은 날
수제 빵 연구소 황갈색 모카빵 내음이
가슴 속 깊이에서 솟아나면
커피를 마시다가
네가 커피가 된다.

* 아산 시청 앞에 있는 카페

화해

철새 떼 날아들듯
거칠었던 표정은 어디 가고
봄볕 같은 미소
당신 얼굴이
꽃으로 보인다고 말한다

팽팽한 줄 당기기
한 발 뒤로 양보하면
그만인 것을
그 넓은 아량 앞에서
살며시 마음을 내려놓는다

화해라는 두 글자에는
누르고 숨 고르는
용기도 필요할 터
하루가 식어가는 석양 앞에서
내 마음의 향기를 날려 보낸다

너와 나 하나 됨 앞에
팡파르로 울릴지 몰라

말해주겠니?

서늘한 가을바람 불면
완두콩색 단풍나무
인주처럼 붉은빛으로 물들고
풋사과 껍질 같던 연두색 은행나무
잘 익은 옥수수처럼 노랗게 옷 입고

선명하게 돋아나는 '인주 색'
샛노랗게 떠오르는 '옥수수 색'
저만치 다가오는 가을이 그려지는데
무슨 사연이 있기에
아무런 소식 없이 침묵하는 걸까

산마루 저편 꽃구름으로 피어나던
봄철 지나고
물안개 걷어내며 푸른 바람을 몰고 오던
삼복도 지났건만
세월 속에 묻힌 친구는
여태 소식도 없고

눈 감으면 다가서는 세월
보인다 그대 얼굴
들린다 그대 목소리
긴긴 내 기다림 위에 새겨지는 그리움들
보여주겠니?
말해주겠니?

삶의 뒤안길에서

단연코 회상하니
빛처럼 소중한 값진 선택
날리고 흐트러진
지나온 흔적들은
꽃이 되고 씨앗이 되었건만
지나온 세월만큼이나
목에 두른 고목처럼
널브러진 그리움은
꽃 피울 줄 모르고 맺혀있구나

바람이 지난 자리마다
텅 빈 영혼의 자리
하얀 라일락 안으며
두 눈에 흐르는 이슬방울
하늘 향해 두 손 모으고
온 마음 가다듬어
온전히 내려놓으면
푸르게 차오르는 오늘

흐르는 물처럼

걸어온 길
눈물로 넘쳐나도
가야 할 길
사랑으로 인도되고

몸 낮춰
가슴 쓸면
애달픔 떠나가고
먹먹함도 사라지는데

지난한 세월
빈 자갈 여울길
덩그러니 저 혼자
여울지어 흘러도

순응하는 삶으로
낮은 곳을 향하는
흐르는 저 물처럼
내 삶도 그랬으면

마음의 풍경

현영희 시집

Poems by Hyun Young Hee

3부

비어 있는 세월

가을 연가 1

눈을 감고
귓전에 들려오는 가을 소리를 듣는다
옅은 미소 띤 부드러운 바람들
초목마다 스며들고

저만치 산허리 떡갈나무 잎새
황갈색 되어 찬바람에 떨어지면
짙어 가는 시린 마음에
이별을 준비하고

기다림도 그리움 되는 계절에
벤치에 앉아 책장을 넘기면
아직도 커가는 사랑
하얀 겨울을 기다리는 소박한 행운
두 손 모아 기다린다

가을 연가 2

가을빛 고운볕에
태화산을 밟아 들면
잎새마다 단풍으로
사랑앓이 한창인데

울긋불긋 화장하던
푸르른 잎새들
물들어 가슴 앓는
연애편지를 쓰고

붉지도 푸르지도 못한
불혹의 파도처럼
주고 싶은 마음 밑줄 그어
꼭꼭 숨긴 밀어까지

별 하나

산허리에 매달린
화살나무 잎새 몇
여태껏 단풍으로 불붙다가

홀연히 나뭇잎 하나
바람 타고
어깨 위로 정답게 다가서는데

쏟아지는 은하수 아래
이름 모를 별 하나
오랜 그리움 남긴 채

밤새도록
허공을 헤매다가
내가슴에 와 박힌다

보이지 않는 길

한 번 가면
돌아오지 못하는
이리저리 살다가
못내 떠나야 하는 길

먼저 떠나고
나중에 간다고 해도
약속한 것처럼
한곳으로 모여드는데

후회하고 슬퍼해도
아쉬움에 안타까워도
숙명처럼 받아들여야 하는
영원한 길

하늘을 보다 길을 걷다
울컥한 마음

보이지 않는 그곳을 향한
초연한 마음

보이지 않는 길

비어 있는 자리

꽃이 핀 자리
스치던 바람결로
열매가 오는 줄 알았더니
꽃이 진 자리
새겨진 햇살로
열매가 온다

돌담 아래 묻혀있는 그늘에도
숱한 세월
빗소리로 숨 쉬더니
연두색 자주 코 이끼가
한 움큼 피어오르고

삶의 어울림 속에
열매가 있을 때만
그가 있는 줄 알았는데
그가 떠난 빈자리에도
아직 그가 있다

쉬 멍 놀 멍

마냥 있어도 좋으리
삶에서 끝을 안다는 것이 어디 있으랴
끝으로 달려가는 것은 다를 뿐인데
와글와글 분주한 삶
양말 같은 일상 벗어던지고
쉼표처럼 은행나무둘레길 벤치에 앉아
쉬 멍 놀 멍

길을 걷다가 이름 모를 꽃을 보며
꽃향기에 취해 흥얼흥얼 노래 불러도 좋으리
모든 기억 다 지워져도
용기 내어 앞으로 나아가면서
숲의 정기와 바람 싱싱한 요정에게
나를 다스려달라고 부탁해도 좋으리
쉬 멍 놀 멍

디카시에 머문 시간

호랑 무당거미의 몸놀림을 본다
기다림의 삶이 연속인 듯
세찬 비바람에도 그침 없이
허공에 그물망을 짓는 모습이
경이롭다

디카시의 예술혼에 젖는다

정신을 불러들여 마음을 모으고
놓치지 않으려는 시선 집중
머무르는 시간이 진정이길 바라며
오래 두고 보아도 친근감 있게
공감과 정감이 새겨진다

디카시의 참멋에 머문다

익히 알고 있는, 혹은
정형화된 것을
새로운 감성으로 재현해 가며

또 다른 세상을 엿본다

거친 세상 속 자연을 눈여겨본다

단 하나의 인생

나이가 듦에 따라
붙잡지 못하는 세월을 보며
인생은 실전이라는 것을 느낀다.

젊은 날에는
까마득하게만 느껴졌던 세월이
황혼 길에 삶이 마감되는 것임을
소중히 알게 된다.

소장消長하는 달月을 보며 닮고 싶지만
삶의 끝자락에 다시 시작이 있음에
오늘도
살아있음이 가슴 속에 더욱 값지게 남는다.

하나밖에 없는 우리네 인생
가치롭게 살아가야 한다.
하나밖에 없는 내 인생
더욱 아름다움이어야 한다.
허투루 가지 않는 참 길로 가야 한다.

황혼 연가

다가오면 민망하고
멈추면 서글프고
행여 그 음성
아름다움이어라
두려움 없는 마음이어라

내가 한 것도
그가 한 것도
종착역이 가까이 다가오면서
슬픔 기쁨도 나누고 싶어라
가진 것을 함께 나누고 싶어라

저녁 하늘 붉은 노을처럼
아름답고 애잔한 연정이어라
꾸밈없이 전해지는 화톳불이어라
당신이 주신
놀라운 황혼의 선물이어라

곡교천의 사계

따사로운 봄날이
아지랑이 곁으로 내려서고
별빛 내리는 여름이
싱그러운 초록빛으로 물들어 가고
국화 향기 그윽한 가을이
푸르른 창공으로 흩어지면
하얀 꽃송이 겨울은
곡교천 물 위로 은빛 미소 되어 웃는다

온통 세상을 노랗게 물들인 은행나무 길에는
가족 다섯, 연인 둘, 친구 넷, 부부 두 쌍
오순도순 정겨움으로 발걸음하고
곡교천 고수부지 소슬바람 타고
그윽한 소야곡 한 자락을 띄우는데
어느새 금빛 미소를 닮은 여행객은
충무공 거북선의 승전가로 고운 꿈을 더해간다

순천만 강변

칠월의 한낮
한줄기 소낙비에
촉촉이 적시는 풍경 한 자락
바다와 맞닿은 강가의 꽃창포
내 마음에 핀 서러운 눈물 꽃 마냥
애잔하게 피어 있다

내 것이 없고 버릴 것 없는
뭇 인생의 고리 위로
스치는 바람 한 줄기
맴돌다 퍼지는 동그란 너울처럼
벗어날 수 있다는
다시 시작할 수 있다는

어느 하루의 멋진 교향곡 전주처럼
후끈 더워진 갈대숲의 바람 맞으며
물찬 순천만 강변에
잃어버린 꿈 하나
깊은 잠에서 깨어난다

송구영신

가는 해야 잘 가려무나
지는 꽃이 어여쁘고
흐르는 물 아쉽지만
가고 지니
내일의 태양은 약속인 듯
희망의 속삭임 안고 밝게 떠오르리라
떨어진 꽃은
나무에 매달린 꽃을 보고
나무의 꽃은
떨어져 누운 꽃을 보리라

힘들고 고단한 자리 털고
선한 양심 따르면
창공처럼 푸르게 다가서리라
부디 아무도 불편하지 않기를
가슴을 활짝 두 눈 번쩍
새해를 맞이 하자
어제의 태양 어김없이
오늘의 태양으로 내어주리라

오늘이 기적이고 감사일지라
오늘이 기적이고 사랑일지라

도와주소서

봄을 기다리는 설렘이
메마른 가지에 숨어서
살포시 미소 짓는데
꽃망울을 터트리는데
아, 그 푸른 숲에
불이 웬 말인가요

인간의 무능을 이해하소서
끝없는 탐욕을 용서하소서
우리의 교만을 인정하오니 부디
저 화마를 멈추게 하소서
인간의 힘으로는 도무지 어쩌지 못하오니
단비와 폭우를 내려주소서

무한함을 꿈꾸는 우리들이
유한하다는 것을 깨닫게 하시고
진솔한 마음으로 이웃을 돌아보게 하소서
화마로 모든 것을 잃은 이들이
다시금 용기 내어 일어서게 하소서

온전한 바람이 온 세상으로 불고 불어서
모두가 행복한 삶으로 변화되게 하소서

추억에 관한 명상

빨간 석류알 서너 개
입안에 넣으면
새콤달콤함에
눈 찡긋 볼살은 윙크

복사꽃 향기에 취해
꽃 대궐 지나노라면
어느새
숲속의 왕자와 공주로 변신

눈부시게 행복했던 그날
애틋함으로 새겨진 시간을 기억하며
오늘도 추억으로 빠져드는 나를 꺼내어
사랑과 감사함으로 자리하는 추억

눈부심은 잠깐일지라도
힘듦에 잠시 주저앉아 숨을 고르고
고난을 참아내면

드디어 찾아오는 기쁨을 만날 수 있으려니
온전히 감사함으로 자리하는 추억

같은 길을 걷는다는 것

가녀린 햇살
새벽이슬 걷히며
구름 속으로 숨어 보지만
쏟아지는 햇빛 사이로
부끄러운 듯
방긋 웃는다

찬란한 빛
구름도 감당하지 못해
어찌 할 줄 모르고
무언의 소리만 허공 속에서 맴돌지만
빛나는 광채 한 가닥
온통 세상을 밝게 비춘다

조각 난 구름 사이
밝은 빛 한 줄기
따듯한 온기로
사랑스러운 언어 되어 흐르면
함께 길을 걷자고

같은 길을 걸어가자고
속삭인다

마정리 만찬

노마만리* 북 카페 지나 따스한 들녘 넘어
마정리 대지를 딛고 우뚝 선 기와집

하루해가 다 저문 저녁 논둑길 따라
풀벌레 소리 들풀 향기 어우르고

한복 곱게 차려입은 마돈나 같은 안주인
활짝 무궁화 닮은 미소로 맞는다

오리 녹두 백숙, 묵은지 부침, 도토리무침
뽀얀 쌀 막걸리가 한 순배씩 돌고

정담 어린 문학의 꽃 피우고 지니
문학동네 가을 연찬은 해가는 줄 모르고

기쁜 일 축하 사연 넘치는 칭찬 속에
지나온 업적들이 반짝반짝 빛나누나

화톳불처럼 따스한 석양은
낭송으로 진한 사랑으로 이어지고

달콤 상큼한 맛있는 시간은
문인들 가슴에 한 움큼씩 추억으로 남으리

* 駕馬萬里 : '둔한 말이 만 리를 간다'는 이름을 단, 천안 직산읍 마정
  리에 자리한 카페

기억 상자

꾹꾹 눌러 채워 둔 기억 상자
살그머니 열어 봅니다
여린 새순일 땐
아지랑이처럼 피어오르던
꿈과 희망이었죠

혼자만 간직하고 싶은 기억들
조심조심 열어 보니
보석처럼 소중했던 생각의 조각들
청보리 이랑처럼 출렁거리며
빙글빙글 춤을 추네요

지우고 싶은 아픈 기억들
도리도리 고개를 저어도
기를 쓰고 따라붙는 것을 보니
챙길 것보다 버릴 게 더 많고
잊혀졌으면 하는 게 있네요

삶의 무게만 한 기억 상자
마술사의 손에 들려
말끔히 풀어보고 싶어요.
무지개 너머로 멀리 저 멀리
다시는 생각나지 않을 기억 저편으로
날려 보냈으면 해요

마음의 풍경

현영희 시집

Poems by Hyun Young Hee

4부

새겨지는 것들을 위해

그 사람

기쁨 한 켜 쌓고
슬픔도 한 켜 쌓아
비를 맞고 햇빛에 말리고
다시 달빛에 젖게 하면
새벽이슬에 별들도 젖어서
고요히 내려오려나

한 번도 손잡고 걸은 적 없어도
그 손 따스하게 남아있는 사람
그만큼의 높이와 깊이로
그만큼의 간격이 따로 있어
오래 비어 있던 내 한쪽의 자리이건만
온기로 찾아온 그 사람
향기를 부르는 그 사람

영인산 마루

하늘이 푸르름으로 가득한 날
가슴에 설렘 한가득
단풍보다 더 단풍스럽게 차려입고
자박자박 가을을 걷는다

다정한 친구들
발걸음 옮길 때마다 정겨움이 배어나고
가을볕에 들뜬 수다에
오랜 우정까지 쏟아낸다

양지바른 대지 위
영인산마루 안뜰 사이로
서성대는 사람들 향해 울려 나는 스피커 소리
"십오 번 손님, 팔 번 테이블로 오세요"

매우 만족 별 다섯 점찍고 나오는 친구들
강 언니만 빠진 보리수 모임 가을 여행이

해 질 무렵 노을빛 풍경 속으로
갈대 바람 타고 추억을 만든다

그렇게 또 하나의 우정이 쌓여가고

작은 사랑의 빛으로

그대의 어깨너머
무심코 적어 본 두 글자 '인연'
그에게 어리는 낯익음은
나를 슬프게 하고
빈 하늘 위에 그린 작은 공간
들리지 않는 바람처럼
사랑 속에 희미해지는 그대

좁은 자리 조금씩 내어주다 보면
그대의 작은 숲이 보여 지나니
오랜 소통의 밀어로
그만큼의 깊이와 애틋함이
지금은 소망의 불꽃으로 되었나니

백년해로
영원을 약속하고 다짐하며
믿음 없이는 사랑할 수 없다는
사랑의 종착역 되어
두 손 잡고 감사하며 걸어서 가리

온 마음 다해 기쁨으로 함께 가리
작은 사랑의 빛으로

오늘도 시계처럼

변함없이 돌아가는 시계 소리
아무도 멈출 수 없어
고장 아닌 멈춤이 있으려나
쉬어가라 할 사람 누구
더러는 흔들리고

가슴속에 묻고 살아가는
인생의 희로애락을
누군들 알 수 있으려나
오직 나만의 것이라고
정성을 다한 만큼 무한히
감사할 게 많아도
열정을 세우고 의지를 보이며
멈춤 없이 뛰었건만

넘치는 축복 속에서도 때론
충만함을 살피지 못한 채
넉넉한 미소를 만들지 못했는데
그래, 새날을 기다려 보자

모든 이들의 삶이 돌아가는 시계려니
오늘도 멈추지 않는 시계처럼

예수 같은 리빙스턴 같은

예수 같은
리빙스턴 같은
건축가가 되는 것이다

예수의 사랑과
리빙스턴의 정갈한
미소를 짓는 것이다

예수의 십자가 닮은 아낌없이 내어줌과
리빙스턴 불굴에 용기처럼
그런 심경心境이 되는 것이다

아, 얼마나 즐겁고 기쁜 일인가

예수 같은
리빙스턴 같은
여행을 떠나보는 것이다

그리움

오렌지빛 속에 버무렸던
하루의 순간이
이글거리며 꺼져버렸다

지금 밤은
노도와 같이 밀려와
그리운 사람들의 얼굴마저 덮어버리고
말없이 정좌하며
침묵을 삼키는데

그리움은 날개가 돋쳐
풍랑이 이는 가슴에서
안타까이 파문을 그리고

밤은 별빛을 머금은 채
푸른 꿈을 안았다

젓가락 행진

아들과 며느리가
이웃 나라로 여행을 떠났다

쇼핑 중이라며 전화가 왔다
엄마 아버지 이름 영문자를 묻는다

아들 내외가 돌아오기까지
내내 궁금했다
부부 젓가락 세트였다

천연 옻칠이 되어있는 고상함 위에
숙련된 장인의 정성이 한땀 한땀
멋스럽게 새겨진 깜찍한 금박 문양이다

음식과도 같은 젓가락의 운명이
식탁에서 함께 한다니
왕이 된 듯 반가움이다

예쁘장한 생김새에 반해
삼시세끼 젓가락 행진으로
행복이 이어질 것 같다

사랑스러운 며느리,
어찌 이런 생각을 했을꼬

선자령에서

백두대간 마루금 능선길 따라
순백의 설원이 쌀가루처럼 부드러워
한 걸음 걸을 때마다
무릎 위까지 차오르는 포근함
새하얀 눈 뭉치 목장길 따라
상고대가 아름다운 미소로 반겨주니
세파에 찌든 잡념들 시나브로 사라진다

고산준령 일망무제一望無際 눈밭 위에서
새하얀 솜이불로 감싸주고
눈부신 설경으로 숨죽이며 두 팔 벌린다
백패킹* 야영객의 이색지대와
한발 한발 빠져드는 감미로움 때문에
어김없이 찾아가는 겨울왕국
순백의 나라 선자령!

* 야영 장비를 갖추고 1박 이상의 여행을 떠나는 레포츠

눈꽃 내리는 날

눈꽃이 하늘 가득 피어난다
창가에 부딪히는 아름다운 몸짓에
시간 가는 줄 모르고 서성인다

첫눈이 내리면
하얀 발자국 남기며
사랑을 새기고 싶었는데
지금 우린 너무 멀리에 있다

추위에 떠는 나무
눈꽃으로 다독이고
사랑으로 쌓아가는 이야기가 듣고 싶어
애태우며 기다리는 날이건만

차갑고 슬픈 내 침묵
당신이 오늘
내 그리움을 붙잡고 있다.

잔잔한 미소를 건네줄 때면

해와 달의 흔적 속에서
표정 없는 발걸음으로 시작된 인연
하루하루가 지나며
익숙함으로 변해가더니 어느새
한 공동체가 되었다

삶의 한 자락에서
기억의 한 자락으로 자리 잡은
시간의 흐름, 그 안에
우리의 사랑이 있었고
둥지를 틀었다

힘든 모퉁이를 지날 때마다
함께 한 기억들
위로의 마음으로 이어지고
고운동행 속에 나누던 기쁨과 슬픔은

이해와 배려 속에서
하루 또 하루를 걸어가게 하였다

그대 있음에

그대 오시려나

그대의 미소가 향기 되어 스치는
기쁨의 축제
꽃잎의 속삭임
향기 되어 오시려나
사랑의 숨결로 오시려나

한 아름 꽃길이 아름다운
그 길로 오시려나
바람 소리 새소리
파르르 떨리는 속눈썹의
작은 눈빛으로 오시려나

차고 거친 시간을 건널 때에도
상처를 녹이는 열꽃을 피워
수정처럼 맑은 발자국을 남기며
그대 오시려나

가랑잎 살랑살랑 새소리 짙은 숲길
나뭇잎 걸으며 오시려나

고운 숨결 고르며 속삭임으로
그대 오시려나

나무도 말할 수 있다면

겉으로 보기엔
그저 의젓하게 서 있는 듯하지만
참 많이 힘들었음을

흔들리지 않을 뿌리를 내리기 위해서는
눈물겹게 참아내야 했고
푸른 잎사귀를 달기 위해서는
오랜 기다림의 시간도 필요했음을

침묵과 기다림의 덕목을 키워내니
이렇게 지혜의 열매가 달리고
하늘 향한 환희가 설렘으로 다가와
온전히 기쁨으로 출렁이는 것을
경험할 수 있음을

이기는 자가 되려면
겸손하게 자신을 낮추고
말을 줄이고
끝까지 들어야 함이 있어야 함을

거친 바람과 뜨거운 햇빛도
세찬 소나기와 폭설까지도
철 따라 부딪치는 자연의 섭리를
깨달아야 함을

참을 수 없는 그리움

꽃잎은 꽃잎끼리
풍경소리 들리는 길 위에
누워 있다

다독여 줄 손길 기다리며
마음속 깊은
바람의 편지 읽어 내린다

열매 위에 내어준 자리
봄의 몸부림으로
오랜 기다림의 이야기 듣는다

내 앞에 지는 꽃잎 하나
참을 수 없는 그리움 되어
침묵해야 하는 세월이다

너에게 보내야 할 나의 기도인 것을
어깨 위에 내려앉는
맑은 햇살이 속삭여 준다

꽃비

눈부신 봄 햇살 아래
화르르 꽃비 내리고
창가에 흩날리는 바람결 따라
피어나던 영산홍
찻잔 위로 피어오르면

봄비에 젖고 꽃향기에 취해
아린 사랑의 기억을
세월에 묻으려 하지만
꽃비로 떨어지는 날이면
그대 향한 실 그리움
봄빛 한 줌 불러들이고

향기 지우고
흔들리는 삶 속의 세월 한 자락은
이마에 늘어나는 해와 달의 흔적
시간으로 그려지는 중년의 그림자는
저만치 희미해져 가는데

내가 머무를 수 있는 이유

내가 여기 머무를 수 있는 이유는
내게서 반가움이
새로운 시간으로 열려있기 때문이다

내가 여기 머무를 수 있는 이유는
내게서 소중함이
환희에 찬 시간으로 새겨졌기 때문이다

내가 여기 머무를 수 있는 이유는
깊고 푸른 숲 그루터기 같은 새로운 시간으로
맑고 높은 창공 같은 환희에 찬 시간으로
세월의 더께를 씻어내리기 때문이다

오늘 여기
내가 머무를 수 있는 이유는
가난한 세상을 넘어서
수정처럼 맑은 발자국을 찍어 놓고 간
고마운 당신이 있기 때문이다

봄맞이

봄 햇살 한 줌 내려와
산빛이 좋다고
소곤소곤 속삭이고
여울진 능선 따라
개나리 진달래 미소 지으면
천년바위 병풍 속으로
생각은 산처럼 커가는데

잔잔하고도 따스한 감동의 메아리
"어서 오세요. 봄님!"
산까치 멧새 꿩 두 마리 붕붕
활개 치며 솔밭 속으로 내려앉는다

라일락 향기는 바람결에 흩어지고
기쁨과 사랑으로 꿈꾸는 삶
새로운 각오와 희망으로 마음 모으고
저만치 오는 봄
반가움이다.

현영희 시집
Poems by Hyun Young Hee

마음의 풍경
|
현영희 시집
Poems by Hyun Young Hee

마음의 집, 투명한 서정의 언어

윤성희(문학평론가)

마음의 집, 투명한 서정의 언어

윤성희(문학평론가)

1. 변치 않는 소녀의 마음, 순수 서정

이 시집의 해설을 청탁받았을 때, 나는 잠시 주춤했다. 흔히 말하는 시적 긴장, 곧 감정이 언어를 통과할 때 발생하는 저항과 굴절의 흔적이 부족해 보였기 때문이다. 그러나 그 망설임이 풀린 지점은, 시집이 제공하는 따뜻한 공감과 감정의 정화라는 문학 본연의 힘을 마주할 때였다. 현영희의 시는 수사와 기교를 벗고, 가장 소박한 모습으로 말을 건네는 '생활 서정'을 형식화한다. 일상의 언어로 삶의 진실을 기록하고, 생활 감각을 통해 공감의 리듬을 형성하며, 나와 삶의 관계를 내면화한다. 거창한 사유나 관념 대신 밥 짓고 걷고 기다리고 사랑하는 그 시간 속에서 삶의 지속과 관계의 따뜻함을 추구한다. 시인이 중시하는 것은 형식의 자율성보다 감정의 신뢰성, 미학적 긴장보다 언어의 투명성이다. 세속의 피로와 소멸의 감각 속에서도 시인은 여전히 사랑, 기다림, 감사, 평화 같은 보편적 감정들을 믿고 있는 것이다.

현영희의 시는 소박한 목소리로 일상의 순간을 담아낸다. 아픔은 노래가 되고, 상실은 기다림이 되고, 기다림은 다시 평화로 환원된다. 삶을 버겁게 밀어붙이거나 세상과 대립하지 않는다. 그의 시는 불필요한 긴장이나 날카로운 충돌을 우회하여, 주변의 풍경을 끌어안고 일상의 미물을 차분히 응시할 뿐이다. 언어의 높낮이가 거의 느껴지지 않을 정도로 평이하지만, 그 평이함 속에서 삶을 지탱하는 감정의 온기가 잔잔히 퍼져 간다. 이러한 시적 태도는 세상과의 불화를 지양하고 주변을 포용하는 온유한 시선, 시적 언어의 투명도를 높이는 맑은 감수성에서 비롯되었을 테다. 그러다 보니 그의 시는 표현의 직접성으로 움직일 수밖에 없다. 시인은 자신의 감각과 감정을 전달하되 미적 가공을 최소화한다. 비유와 상징보다 마음의 온도가 먼저 전해진다. 시의 언어로 다듬어지기 이전의 상태, 곧 말의 진심이 시의 중심을 이루는 것이다. 이런 직접성은 때로 소박하고 단순해 보이지만, 이것이야말로 현영희의 서정이 의지하는 문학적 거점이다.

나는 시인이 긴 세월 속에서도 놓치지 않은 소녀적 감성의 지속을 의미 있게 본다. 무릇 모든 자연물은 세월 앞에 서서히 풍화하는 법. 사람도 다르지 않을 테다. 시간의 풍파에 깎이고 마모되다 마침내 순수를 동경하던 감각은 무뎌지게 마련인 것. 현영희 시인은 다르다. 연륜과 세월의 무게에도 불구하고, 시인은 귀밑머리를 비치는 햇살 한 가닥에 '낯가림'을 하고(「봄마중」), "카페 창가에 앉아 같은 페이지를 읽는" 사람을 만나고 싶어한다(「그런 사람을 만나고 싶다」). 삶의 피로에도 불구하고 그는 그렇게 감정의 순도를 지켜내고 있는 것. 그의 시에는 세상을 새삼스럽게 바라보는 눈, 익숙한 풍경에서 새로운 감각을 건져올리는 순정한 시심이 있다.

그는 여전히 감정의 청춘을 살고 있는 것이다. 생활의 언어와 소녀적 감성이 투명하게 조응하며 빚어낸 따뜻한 서정이야말로 이 시집이 지닌 미덕이다.

2. 일상과 자연의 발견

『마음의 풍경』에서 시인은 서두에 자연이나 계절, 시간 같은 배경을 먼저 제시하는 방식으로 시를 전개한다. 그의 시에서 영인산의 숲길, 곡교천의 물안개, 신정호의 산책길, 모종 뜰의 마을 길 등은 그 같은 배경이면서 그가 살아가는 내면의 풍경화다. 시인은 그곳에서 바람의 방향을 읽고, 들풀의 기척을 감지하며, 세월의 속도를 가늠한다. 그럴 때 자연은 먼발치에 있는 외부 세계가 아니라 삶의 내부 리듬을 일깨우는 감각적 거울이 된다. 지리적 구체성을 앞세워 시인의 일상을 드러내면서 일상의 자연과 자아가 조응하며 통합하는 심리적 일체감을 형성하는 것이다.

울창한 숲길 사이로

솔가지 흔들던 바람도 잠들고

핑크빛 물감을 뿌린 듯

앙증맞은 영산홍이 미소 짓는다

무장애 나눔 길

너른 잔디밭 위로

황톳빛 잔잔한 산책길은 이어지고

아장아장 유모차 휠체어 간간이 지나는데

언젠가 한 번은 만날 것 같은
낯익은 산책길 위로
고즈넉한 분위기 따라 걷고 있자니
신선봉 정상이 금세 이마에 붙는다

가을이 깊어지는 영인산 등허리
제 속의 출렁거림을 뒤적이다
까치 고라니 토끼 다람쥐
숲속의 집 야영장을 만나는데

대보름을 걸머쥔 하늘엔
가녀린 막바지 햇살이
홀씨처럼 가볍게 가볍게
설레임을 부추긴다

-「영인산에서」 전문

　이 시에서 자연을 의인화한 이미지는 자연의 리듬이 시인의 내면으로 이입되는 순간을 보여준다. '바람이 잠든' 고요함과 "영산홍이 미소 짓는" 온화함은 시적 자아의 내면이 고요하고 평화로운 상태에 놓여있음을 암시한다. 외부의 사물이 자아와 교감하며, 자연은 이미 '나'의 정서적 영역 안에 들어와 있는 것이다. 그리하여 바람이 멈추면 시인의 마음도 잔잔히 가라앉는다. 바깥에 펼쳐진 풍경이 자아의 정서가 투영된 내면의 풍경으로 변모하는 것이다. 특히 산책길 위로 솟아 있는 "신선봉 정상이 금세 이마에 붙는" 시적 체험은 산의 높이를 초월해 자연과 자신이 하나로 밀착된 감각, 곧 심리적 일체감을 만들어낸다. 물리적 거리감은 무화되고 지리적 공간은 시인의 내면으로 흡수되는 것이다.

그렇게 자연과 자아가 일체화를 이룬 가운데 시의 정조는 점차 생동하는 생의 순환으로 이행한다. "가을이 깊어지는 영인산 등허리/제 속의 출렁거림을 뒤적이"면서 자연의 깊이를 통과할 때, 자신의 내면도 함께 탐색하는 시적 자각이 일어난다. 그 안에서 "까치 고라니 토끼 다람쥐"와 같은 생명체가 등장하며, 그로 인한 자연의 생동감이 시인의 마음결에 그대로 스며들게 된다. 자연과 자아의 조응이 완성되는 국면이다. 이때 자연은 시인의 정서적 풍경 속에서 함께 숨 쉬는 생명적 존재들로 실감된다. 이 시의 마지막 연은 이러한 조응의 정점을 비유적으로 완성한다. 시인의 내면은 "홀씨처럼 가볍게 가볍게" 자연의 리듬과 완전히 동화된 상태를 이루고 있는 것. '대보름'과 '막바지 햇살', '홀씨'의 이미지는 삶의 마감과 새로운 순환이 공존하는 시간의 감각을 담고 있다. '가녀린 막바지 햇살'이 '홀씨처럼 가볍게' 퍼지며 '설레임을 부추기는' 정경은 시적 자아가 얻은 최종적인 감각인 것이다. 시인은 자연 속에서 소멸과 생성, 끝과 시작이 뒤섞이는 생의 순환을 체험한다. 그에게 자연은 삶의 거울이자 존재를 숨 쉬게 하는 호흡기인 셈이다.

물안개 자욱이 깔린

이른 새벽 곡교천에

은빛 뒤척이며
햇살이 밝아 오고

맑은 뜻
고운 새들의 지저귐
가슴을 파고든다

- 「곡교천의 아침」 전문

　「영인산에서」가 자연과 자아가 서로 스며드는 생동의 감각을
보여준다면, 「곡교천의 아침」은 그 일체감이 내면의 정화와 생의
리듬으로 수렴되는 작품이라 할 수 있겠다. "물안개 자욱이 깔린"
새벽 풍경을 통해 세상의 번잡함이 가라앉은 정화된 시간을 제시
한다. 이 고요 속에서 떠오르는 '은빛 햇살'과 '새들의 지저귐'은
시적 자아의 내면에 깊숙이 침투하여 '가슴을 파고드는' 정서적
울림으로 변환된다. 여기서의 '은빛 뒤척임'은 햇살을 받은 물의
움직임이자 마음의 각성일 테다. 여명의 빛이 물안개로 스며드는
순간 시인은 자신의 내면에서도 고요한 변화를 체험한다. 자연이
깨어날 때 내면 또한 함께 깨어나는 것이다. 수면睡面 상태에 있던
곡교천에서 새벽의 빛은 삶이 다시 흐르기 시작하는 시간의 리듬
으로 작동한다. 시인은 이렇게 외부 자연의 변화 속에서 자신의
감정이 정화되는 과정을 체험한다. 시인은 자연을 바라보는 관찰
자가 아니라 그 리듬 속에서 함께 숨 쉬는 존재다. 그런 점에서 '
곡교천'은 시인이 매일의 삶을 새롭게 시작하는 지속의 에너지를
제공하는 공간이 된다.
　같은 맥락에서 작품 「봄 마중」 역시 고요한 새벽의 공간에서 자

연의 각성과 마음의 환기가 동시에 일어나는 순간을 포착한다. "모두가 잠든 고요한 새벽/대문을 활짝 열고 마당을" 쓰는 일은 봄의 생명력을 맞기 위한 능동적인 준비 과정이자 정화 의식이다. 특히 봄을 '낯가림'으로 오는 섬세하고 수줍은 존재로 의인화하면서 오랫동안 기다려온 '그대'로 인식하는 로맨틱한 시선은 '소녀적 감성'의 투명한 발현이라 하겠다. 「봄 마중」은 이처럼 지극히 일상적인 행위를 통해 내면의 순도를 높이고, 시인의 설렘과 자연의 생동이 공명하는 순수의 순간을 빚어낸다. 이와 함께 황톳길을 맨발로 걷는 행위 속에서 외부 감각을 내면의 평온으로 변환시키는 「둘레길을 걸으며」, 언 땅속에서 자연이 새순을 틔우듯 침묵의 시간을 통과해 생의 지속에 대한 믿음을 확인하는 「봄 향기처럼」 등의 작품에서도 자연의 시간과 내면의 시간이 일치하는 시적 풍경을 본다.

3. 관계와 성찰의 시심

『마음의 풍경』의 한편에 자연과의 일체감을 통해 회복한 내면의 순수함이 있다면, 또 한 쪽에는 인간관계 속에서 자신을 성찰하고 관계의 의미를 재확인하는 시편들이 있다. 그의 시에는 타자를 바라보는 다정한 시선과 함께 그 관계를 통해 자신을 돌아보는 성찰의 거울이 있다. 삶의 근본은 누군가의 곁에 서 있는 일, 그리고 그 곁에 머물며 묵묵히 함께 걸어주는 마음이라는 것을 시인은 반복해서 확인한다. 그때 '관계'는 감정의 결속으로서가 아니라, 이해와 배려, 기다림과 감사의 형식으로 맺어진다.

좁은 자리 조금씩 내어주다 보면
그대의 작은 숲이 보여지나니
오랜 소통의 밀어로
그만큼의 깊이와 애틋함이
지금은 소망의 불꽃으로 되었나니

백년해로
영원을 약속하고 다짐하며
믿음 없이는 사랑할 수 없다는
사랑의 종착역 되어
두 손 잡고 감사하며 걸어서 가리
온 마음 다해 기쁨으로 함께 가리
작은 사랑의 빛으로

-「작은 사랑의 빛으로」 부분

현영희의 시에서 사랑은 믿음과 배려로 이루어진 삶의 양식이다. 사랑은 자신을 내어주는 일, 곧 타인의 공간을 인정하는 데서 시작된다. 믿음과 배려로 "좁은 자리 조금씩 내어주다 보면/그대의 작은 숲이 보"이게 된다는 것. 이어지는 문장에서 시인은 사랑을 '빛'으로 표현하며, 그 빛이 서로를 비추는 관계의 상징임을 드러낸다. 사랑의 빛은 타인을 비춤으로써 비로소 자신을 밝히는 상호조명의 은유다. 본시 '빛'은 수렴하는 게 아니라 확산하는 것이고, 그래서 소유하는 게 아니라 나누는 것이다. 사랑의 빛이라 해서 다를 리 없다. 그 빛은 타인을 향해 자신을 나누고 그로써 서로를 비춘다. 시인의 사랑은 방향성이 있다. 그것은 나에게서 너에게 향하는 길을 밝히며, 그 길에서 자신 또한 환히 드러난다. 타자를 향해 자신을 나누는 그 행위가 곧 관계의 완성이라는 인식, 이로써 사랑의 관계는 "두 손 잡고 감사하며 걸어서" "사랑의 종착역"에 이른다.

「작은 사랑의 빛으로」가 사랑의 본질을 '나눔'과 '비춤'의 관계로 형상화했다면, 다음 시「잔잔한 미소를 건네줄 때면」은 그 관계가 시간 속에서 어떻게 지속되고 성숙하는가를 보여준다.

삶의 한 자락에서
기억의 한 자락으로 자리 잡은
시간의 흐름, 그 안에
우리의 사랑이 있었고
둥지를 틀었다

힘든 모퉁이를 지날 때마다
함께 한 기억들
위로의 마음으로 이어지고
고운 동행 속에 나누던 기쁨과 슬픔은
이해와 배려 속에서
하루 또 하루를 걸어가게 하였다

그대 있음에

-「잔잔한 미소를 건네줄 때면」 부분

이 시는 함께한 세월을 돌아보며 관계의 의미를 감사와 평화의 정조로 환원한다. 시인인들 왜 삶의 굴곡과 애환이 없었을까. 그 것들을 "기억의 한 자락" 뒤꼍으로 밀어두고 이제는 "이해와 배려 속에서/하루 또 하루를 걸어가"는 일만 남는다. 이때의 이해와 배려가 관계의 기초가 될 테다. 거기서 시인은 시의 제목처럼 "잔잔한 미소를 건네"며 '그대'와 "고운 동행"을 하게 된다. '잔잔한 미소'에 주목해 보자. 그것은 타인을 향한 표정이자, 자기 내면의 상태이기도 하다. '잔잔함'은 감정의 과잉을 누르고 마음을 고르게 다스리는 평화의 기운이다. "그대 있음에"로 결구된 마지막 행은 지금까지 살아온 그 모든 세월의 요약이자 안정된 정서의 근원이고, 관계 지속의 선언이다. 그대가 있음으로 내가 존재하고, 내가 있음으로 그대가 완성되는 상호의존이 성립하는 것이다. 그러한 상호의존은 마침내 "내가 한 것도/그가 한 것도/종착역이 가까이 다가오면서/슬픔 기쁨도 나누고 싶"고 "가진 것을 함께 나누고 싶"(「황혼 연가」)은 내적 동맹의 관계에 이른다.

그렇다고 해도 이 동맹이 영구할 리는 없다. 금석金石마저도 때로는 풍화되고 녹이 스는 법. 인간관계에서도 긴장과 갈등은 필연적으로 발생할 수밖에 없다. 중요한 것은 그것을 어떻게 관리하고 다스리는가에 있을 터. 「화해」라는 작품이 문제를 해결하는 성숙한 윤리를 보여주고 있다. 시인은 그것을 "넓은 아량"과 "누르고 숨 고르는 용기"에서 찾는다. 관계의 성숙은 타인에 대한 이해뿐 아니라 자신의 내면을 다스리는 쉽지 않은 실천에서 비롯될 것이기 때문이다. 그럴 때 필요한 것이 '고장이 아닌' 자발적 멈춤일 테다. 잠시 멈춰 서서 자신을 돌아보고 삶의 거울을 닦아보아야 한다. 다음에 읽어볼 시는 '지속'과 '멈춤'이라는 양가적 의미 사이에서 시적 자아가 삶의 균형점을 모색하는 과정을 보여준다.

변함없이 돌아가는 시계 소리
아무도 멈출 수 없어
고장 아닌 멈춤이 있으려나
쉬어가라 할 사람 누구
더러는 흔들리고

가슴속에 묻고 살아가는
인생의 희로애락을
누군들 알 수 있으려나
오직 나만의 것이라고
정성을 다한 만큼 무한히
감사할 게 많아도
열정을 세우고 의지를 보이며
멈춤 없이 뛰었건만

넘치는 축복 속에서도 때론
충만함을 살피지 못한 채
넉넉한 미소를 만들지 못했는데
그래, 새날을 기다려 보자
모든 이들의 삶이 돌아가는 시계려니
오늘도 멈추지 않는 시계처럼

- 「오늘도 시계처럼」 전문

이 시의 도입부는 인간의 삶이 멈출 수 없는 시간의 흐름 속에
놓여있음을 상기시킨다. 두 번째 연은 각자의 삶이 고유한 사연

과 고통을 지니고 있음을 인정하는 고백이다. 시인은 그 고백 속에서 "정성을 다한 만큼 무한히/감사할 게 많아도" 시간만 무심하게 흘렀을 뿐, 자신과 삶의 관계를 점검하지 못하고 살았음을 깨닫는다. 이때 시계는 "변함없이 돌아가는" 지속의 상징이자 시인 자신의 치열한 노력("열정을 세우고 의지를 보이며")의 은유일 테다. 시인은 이 멈출 수 없는 시계의 지속성 앞에서 "고장 아닌 멈춤"이라는 자발적 정지가 필요하다고 생각한다. 외적으로 치열했던 삶의 과정에서 내면의 여백을 잃고 "충만함을 살피지 못한 채/넉넉한 미소를 만들지 못"한 자기를 반성하기 위해서다. 그런 점에서 이 시의 시계는 '지속성'과 '멈춤'의 상반된 가치를 동시에 요구하는 우리 삶의 모순을 담아내는 거울이라 하겠다. 시인은 시계의 지속성을 통해 삶의 의지를 다지면서도, 동시에 '멈춤'을 통해 내면의 평화를 회복하려는 양가적 열망을 드러내는 것이다.

결국 시인은 이 양가성 속에서 새로운 균형을 찾는다. 과거의 미흡함을 반성하고, "새날을 기다려 보자"고 스스로를 독려하며 "오늘도 멈추지 않는 시계처럼" 다시금 삶이 지속되아야 함을 확인한다. 그럴 때 시계의 원운동은 단순한 반복이나 단조로움이 아니라, 매일의 다짐과 자기 갱신을 위한 성찰의 순환으로 이어진다. 현영희의 시에서 이러한 성찰과 다짐은 「삶의 뒤안길에서」 같은 작품으로 변주되기도 하는데, "지나온 세월만큼이나/목에 두른 고목처럼/널브러진 그리움은/꽃 피울 줄 모르고 맺혀있"다는 자기반성과 생의 덧없음에 대한 숙연한 깨달음으로 나타난다. 그런가 하면 상실 이후를 성찰한 시 「비어 있는 자리」에서는 "삶의 어울림 속에/열매가 있을 때만/그가 있는 줄 알았는데/그가 떠난 빈자리에도/아직 그가 있다"는 역설을 통해 관계의 부재에도 불구하고 존재가 지속될 수 있음을 보여준다. 그러한 성찰의 기회를 통하여, 부재 속에서도 존재의 흔적을 감지하는 인식의 확장이 일어나고 있는 것이다.

4. 투명한 언어와 삶의 태도

어떤 점에서 이 시집은 시의 형식을 빌린 황혼의 사색록으로 읽히기도 한다. 그러다 보니 일부 시편에서는 감각적인 이미지 제시보다는 상황이나 감정을 설명하거나, 경험에서 얻은 교훈을 명시적으로 제시하며 마무리하는 경향이 보인다. 상투적 비유, 계절어의 반복, 추상명사의 과밀도 시인으로서 되짚어봐야 할 대목일 것이다. 그럼에도 불구하고 나는 현영희의 언어가 삶의 진실과 맞닿아 있는 지점에 주목한다. 현영희의 시를 읽고 나면 마음이 고요해진다. 그것은 그의 시가 삶의 복잡한 표정을 단정히 가라앉혀서 그것을 투명한 언어에 담기 때문일 터다. 화려한 은유나 긴장된 수사 대신, 그는 사람의 온기를 지닌 문장으로 독자 앞에 선다. 언어를 꾸미지 않음으로써 오히려 언어를 신뢰하게 하고, 감정을 다듬지 않음으로써 감정의 진심을 드러낸다. 꾸밈이 없는 문장은 마음의 결백을 닮고, 단정한 서정은 존재의 겸허함을 닮는다.

이 시집이 전하는 울림은 결국 삶을 넉넉히 품는 넓이에 있다. 시인은 생의 고비마다 흔들리는 마음을 '시'라는 작은 등불에 비춰낸다. 불행과 상처를 감추지 않되, 그것들을 서정의 언어로 천천히 가라앉힌다. 그는 세속의 피로와 인간관계의 상처를 외면하

지 않으면서도, 그 속에서 감사의 근거와 평화의 자리를 찾아낸
다. 이와 함께 주목할 것은 그의 시가 보여주는 내면의 정제된 리
듬이다. 말의 속도를 낮추고 감정의 고조를 억제하면서 그는 스
스로의 마음을 들여다본다. 이 느린 리듬이야말로 현영희 시의
감성적 형식이다. 빠르게 변하는 세상 속에서도 그는 삶을 서두
르지 않는다. 오히려 시간의 흐름에 몸을 맡기며, 기다림과 순환
의 질서 속에서 삶의 의미를 되새긴다. 그렇게 얻은 마음의 투명
함이 곧 그의 언어가 된다.

『마음의 풍경』은 한 사람의 시간이 어떻게 다져지고, 그 시간 속
에서 어떤 마음이 남는가를 보여주는 시집이다. 담박한 진심의
기록으로 존재하는 시집. 바람이 지나간 자리처럼 잔잔하고, 물
살이 멎은 뒤의 강처럼 고요하다. 그런 점에서 이 시집은 한 생애
의 마음이 고요한 풍경으로 정화된 기록이 될 것이다.